사색을 벗하며

최하정 시집

시음사
시사랑음악사랑

QR코드 스마트폰으로 QR 코드를 스캔하면 시낭송을 감상할 수 있습니다 본문 시낭송 감상하기

 제목 : 기억 저편에 화가
시낭송 : 박영애

 제목 : 사랑은 파도를 타고
시낭송 : 박영애

 제목 : 낙엽을 밟으며
시낭송 : 박영애

제목 : 자목련
시낭송 : 최명자

 제목 : 송악의 입추
시낭송 : 박영애

 제목 : 너를 그리다
시낭송 : 최명자

 제목 : 그대 그리운 날에는
시낭송 : 김락호

제목 : 가슴을 열다
시낭송 : 박영애

 제목 : 언어엔 날개가 있다
시낭송 : 박영애

 제목 : 그대를 그리며
시낭송 : 박영애

영상은 YouTube 정책 또는 운영 관리에 따라 삭제될 수도 있습니다.

시인은 자연을 이야기하고 시낭송가는 자연을 품었다
글자는 날개를 달아 언어로 날고 소리는 자연에 눕는다

시인의 말

서서히 단풍 드는 볕 따라
대롱이 매달린 대봉감이 침샘을 자극합니다

어느덧 가을이라는 푯말 앞에
우리네 삶도 도토리 알밤처럼
딱 벌어져 익어만 갑니다
사색을 노래하며
제 시집을 벤치 삼아 다녀가실 분들께
이 글을 바칩니다
편안함이 차 한 잔으로 녹아드는
이 공간에서 마음마저 촉촉이
적셔드릴 것입니다

읽어 주시는 모든 독자님께
감사함을 전합니다.

시인 **최하정**

* 목차

＊ 목차

* 목차

* 목차

가시 끝에 핀 장미

새벽이슬 담은 웃비에 가지마다 붉은 꽃망울 맺혔다

담홍색을 띠며 팔랑이는 꽃잎들
살짝 만지면 터질듯한 망울은
꽃잎 끝에 향기 따라
초록 이파리 위로 가만히 기대어 섰다.

뾰족한 가시 끝에 닿아버린 꽃망울
잎새들 사이로 이슬 한 모금에
활짝 기지개를 켜며 웃는다.

깨어 있는 나

긴 장마 속 어느 무덥던 날
내 마음의 창을 열어보니
힘겨웠던 시간이
주마등처럼 나를 스치며 지나간다.

어느덧 나의 내면은 뮤지컬의 무대로 변신하고
고난의 창작으로 이뤄지는 성취감은
커다란 나만의 만족이다

내 자아실현을 위해 시가를 읊지는 못해도
내면의 잠재력을 찾아 나를 일깨우고
의욕을 벗 삼아 하얀 백지를 채워간다.

어머니의 품

고운 매 닮아 어질고 고우신 어머니는
넘치는 사랑으로 기쁨을 주셨고
어려움 속에서도 어린 우릴 품어주시고
새물내 나는 포근한 가슴도 내어 주셨다

바라만 봐도 함초롬한 어머니의
뒷모습과 새색시처럼 고운 맵시도 내 가슴에 담긴다

어머니!
그 자리에서 밝은 얼굴 지으시면 고마움 어찌 다 헤아릴까요

그 모든 사랑이 개여울에 흘러들어
둔치 아래 머물면
동그마니 포근한 어머니의 품을 그린다.

* 고운 매 : 아름다운 여인
* 새물내 : 빨래하여 이제 막 입은 옷에서 나는 냄새
* 함초롬한 : 가지런하고 곱다
* 개여울 : 개울의 여울목
* 둔치 : 물가의 언덕
* 동그마니 : 사람이나 사물이 우뚝하니 있는 모양

10

고목 매화나무

수백 살은 너끈히 넘었을 매화나무
가파른 산비탈에서 동녘 해를
바라본다

의연한 자태로 메마른 가지 끝에
향긋한 꽃망울이 봉긋이 맺혔다

험난한 비바람과 눈보라 속에서도
아름드리 거대한 몸을 사리지 않고
매년 아름다운 꽃을 피워 낸 기쁨의 세월

밑동이 검게 파여 썩어가더라도
앞으로도 모진 세월을 묵묵히 견디며
화사한 꽃을 피우길 간절히 염원한다

자연의 섭리에 감사하며
남은 내 삶도 고목 매화나무처럼 살아가련다.

그날의 이별

.

시린 이별로 가슴 아파 눈물 삼켜버린 그날
실낱처럼 막연한 기대마저 무너지고 멍한 현실과 마주쳤었다

강의실의 함박웃음은 어두운
그림자에 떠밀려 가고
창가를 비추던 햇살마저 먹구름이 삼키며
기다란 빗줄기를 내어 주었다

지금은 캠퍼스를 누비며
희망의 꿈 키우기에 여념이 없을
그때의 어린 친구들이
가끔 머리 위에서 아른거린다

깔깔 웃음으로 함께했던 아이들이
두루뭉술한 삶이 되길 바라며
나래 되어 날아간 그 뒷모습에
미소를 띠어 보낸다.

희망의 불꽃

너의 몸을 불태워
주르르 흘린 눈물이 모여
돌무더기 쌓은 듯 얼음장처럼 굳어 가며
어둠을 환하게 밝힌다

흔들리는 너의 춤사위에
주변의 어둠 속 그림자들 일깨워
한바탕 축제를 벌인다

너의 작은 불빛이 모여
세상의 밝은 길을 열어주고
꺼져가는 희망에 다시금 불타오르게 한다.

기억 저편에 화가

축 처진 어깨 등에 메고 늦은 귀가하는 아랫방 노총각
물 말은 국수를 허기진 뱃속으로
순식간에 감춘다

툇마루에 걸쳐진 단물 빠진 옷가지들
계절이 바뀌어도 색 바랜 옷은 여기저기 널브러져 있다

장대비 쏟아지는 날이면
슬레이트 지붕 사이로 새어 나오는 빗물 따라
그의 한숨이 더욱 깊게 흐른다

그 시절 돌아보면 내 삶의 틈새로
먹먹한 애환이 밀려와
펜 끝에 눈물방울 맺힌다.

제목 : 기억 저편에 화가
시낭송 : 박영애
스마트폰으로 QR 코드를 스캔하면
시낭송을 감상할 수 있습니다

사랑은 파도를 타고

그리움이 물든 사랑은
수평선을 너울대며 다가오고
솜사탕 같은 포근함은
하얀 거품에 스며든다

파도가 쓸려갔다 밀려올 때면
사랑은 한 뼘씩 커지고
모래알에 닿아 철썩일 때면
반짝이는 물결 따라
그대 향한 마음은 커다란 거품 되어 부서진다

그 그리움과 사랑 오래 간직되길 염원하며
모래밭에 깊이 묻어 둔다

달빛 잔잔한 윤슬 위에 그대 모습 비치면
하얗게 일다 사라지는 꽃구름처럼
내 마음도 그 위에서 노닐다 흩어진다.

제목 : 사랑은 파도를 타고
시낭송 : 박영애
스마트폰으로 QR 코드를 스캔하면
시낭송을 감상할 수 있습니다

15

지나온 세월

허리춤에 붙잡아 둔 초바늘은 더욱 날렵하게 움직이고
세월 앞에 두고 온 가슴은
허공을 두리번거리는 연 꼬리 같다

행여나 좋지 않은 나의 내면이
기억에 남을까
주섬주섬 챙겨 얼기설기한 그물에
걸러본다

희로애락을 담은
갖가지 사연들이 세월 위에 앉아 있고
나름 잘 살아왔다고
후회의 앙금 덩이는 훌훌 털어버린다

아련한 기억 위에 돌고 도는 굴레는 째깍거리고
조잘거리며 요사이 여름밤을 어수선하게
넘어가고 있다.

가버린 사랑

아름다운 사랑 위에 지펴진 마음
번지 없는 안갯길에 서성인다

나보다 더 날 사랑하던 임
어디에 있어도 그리움은 날개를 달고

이미 말라버린 슬픔에
가슴속은 젖은 솜뭉치 같다

희미해진 기억을 따라 이렇게 아파하는 건
그대도 어디선가 먼 하늘을 볼 것만 같아

사라져간 그림자를 불태워
나 여기 그대를 그리워한다.

추억을 담다

셔터를 누르는 순간은
내 심장의 마음까지, 곱게 남겨진다

가슴을 울리는 추억과 사랑을 담을 때
행복한 마음은 그 어느 때 와도
비교 못 할 찰나의 순간이 된다

비치는 필름 사이사이마다
차곡히 쌓이는 희미한 옛 추억은
흐르는 시간에 수놓아진 그리움이다

동그란 형체에서 반사되는 광선은
긴장감과 색채감 만족감까지
장착한다.

이렇듯
마음속에 간직하고픈 추억의 삶은
감동과 환희를 넘나들며 지난 세월을 포착한다.

여름비 내리던 날

난간에 매달린 파릇한 잎새들
하얗게 뿌려지는 비 맞이하며 반긴다

여름비 내려앉아 쉼 하면
이파리들 좋아라 더욱 초록을 발하며
소리 없이 흩날리는 웃비에
겨우 모인 물방울은 기둥을 타고 흐른다

은빛 물안개의 희뿌연 창밖 풍경에
난 그냥 숨이 멎을 지경이다

잿빛 하늘은 어느덧 말간 공기로
주변을 정화 시키며
맑은 한나절을 만들고 있다.

정겨운 돌담길

마을 어귀엔 소담한 돌담이
온 동네를 포근히 감싸고 있다

쑥덕이며 깔깔대는 아낙들의 웃음소리가
돌담을 타고 울려 퍼진다.

울퉁불퉁한 길을 따라
삐걱대며 굴러가는 마차 소리가
늘어선 감나무의 꽃향기 실어 나른다

오늘처럼 꽃 이파리 날리면
추억되어 가슴에 담기며
그 길 따라 어깨동무 같이하던 옛 친구들이
더욱더 그리워진다.

삶 속의 여백

우리네 삶은 넘실대는 물이랑 일듯
늘 흔들린다

갖가지 고뇌와 시련은
가슴속에서 요동을 치며 들썩이다가
때로는 힘겨운 일상에
뒤섞이며 긴 한숨을 짓기도 한다

여름날 땀방울 내릴 때
내 안에 가득 고인 이야기가
텅 비어 꿈틀댄다

같이 걷는 시간을 주워 담아
다가오는 평온은 꼭
나의 텃밭으로 가꾸어 가련다.

인연

보슬비 가만가만히 내리는 날
아름다운 인연의 끈으로
우리 여기 마주한다

옹기종기 얼굴 나란히 모여
큰 뜻을 품고 목표를 향하여
고개티 닮은 삶의 인생길에

애오라지 하나
험악한 산등성을 한 걸음씩 내딛듯
서로 잡은 손 사뿐히
걸음하면 참 좋겠다.

가을의 초입

그렇게도 무덥던 여름은
살랑이는 바람결에 떠밀려
구름발치 너머로 자취를 감춘다

어느덧 한적한 산책길에도
시원한 상쾌함이 스멀대며 다가오고
나뭇가지 흔들려 깨어난 매미
울음 울면
송골송골 이 맺힌 땀방울 갈 길을 잃는다

따스한 햇살에 실잠자리 날아들어 가을의 초입을 알리면
산들바람 입김으로 곧 누렇게 입 벌려 바래질 아람 송이들
여기저기 매달려 농익어 간다.

엄마를 생각하며

오로지 합격만을 위하여
밤낮으로 촛불 기도하시던 마음을 들여다보니
그간의 고초와 커다란 사랑이
석류알같이 빼곡하다.

그 사랑 힘입어 숭고한 노력으로
가슴속 깊은 곳 염원의 나래를
마음껏 펼쳐 본다

기쁜 날
날갯짓으로 하늘을 나는 부모님의 환한 얼굴은
잊을 수 없는 행복이며
평탄한 행로가 되길 바라시는 지금의 마음도 엿보인다

그간의 애틋한 사랑 간직하며 이젠
돌려드리려 따뜻한 가슴 마주하며 웃음 머금는다.

바람 불던 날

비와 함께 바람까지 세차게 불어 대면
내뻗치던 꽃 빛발 기세가 꺾이고

전선에 노닐던 산비둘기
졸음을 쫓다가 놀라
오물까지 뿌려대며 둥지로 날아가 버린다

윙윙 신음에 꽃들은 낙화하고
푸르름을 자랑하던 파릇파릇한
이파리 떨어져 내려온다

강아지 놀라 눈은 커지고
두 귀를 쫑긋 세우면 내 무릎은 이미
내어 주고 없다

테라스 문 사이로 심술이 났는지
꽃보라 일며 시간까지 흔들리고

비와 바람의 기억만 남긴 채
흔적을 훔쳐 가버린다.

자꾸만 쌓이는 빗방울

파릇한 이파리 끝에서
줄지어 미끄러지는 물방울

가루비 뿌려져
차례를 기다리다 떠밀려
아래로 떨어져 버리는 유리구슬

돌 틈 사이에 데구루루 내려와
켜켜이 쌓이고 방실대며 모여든다

행여 깨질세라
꽃잎을 살며시 움켜잡고
퐁당거리며 구르다가

만남을 이루는 유리알들의 행진에
맑고 청아해진 마음이 들어온다.

너였으면 해

슬픔 뒤에 기쁨을 주는 사람
바라만 봐도 좋고
가슴 벅차오름을 느끼게 해주는
사람이 바로 너였으면 해

같이 나누는 삶 속에
행복과 사랑을 나눌 수 있어서 좋고

이렇게 함께 할 수 있어서
걷는 길 두려움 떨구니
머나먼 훗날도 그게 바로
너였으면 참 좋겠어.

너라면 참 좋겠다

햇살이 아지랑이로 피어오르고
벤치에서 도란거림 할 때
날 보며 미소 띠는 이가
너였으면 해

클로버 한 잎의 사랑이란 이름
듬뿍 담아 꽃반지 끼워주는 이가
바로 너였으면 해

예쁜 추억으로 간직하며
훗날 또다시 생각나는 이가
너라면 참 좋겠다.

이팝나무 가로수 길

하얀 싸라기눈이 소복이 덮인 듯
이팝나무 줄지어 늘어섰다

눈덩이 닮아 뭉쳐진 송이들은
온 천지에 깔려 빛을 발하며

꽃비 낙화하는 사잇길에
하얀 나비들 앉아 춤을 춘다.

소소리바람에 일렁이며
송이송이 소담하게 하늘거릴 때면

우수수 떨어지는 꽃 빛발은
흰 가루를 닮은 쌀알들이다.

6월의 들꽃 이야기

청초한 들꽃 야생화
개미취 개망초들
아우르며 여럿이 모여 조잘거린다.

싱긋이 웃음 머금더니
이슬방울의 간질거림으로
활짝 피어 웃는다

갓난아기들의 발버둥처럼
여리디여린 꽃대를 하늘거린다

옹기종기 모여 앉아
웃비 맞은 꽃잎들의
재잘거리는 모습은

아기들의 옹알이인 양
참 귀엽기도 하다.

싸리나무에 기대어 선 봄

곳곳에 핀 진달래 영산홍도
함박웃음 반기는데
싸리문 옆 봄의 멈칫거리는 모양새가
못내 아쉬운 먼산바라기 같다

봄기운에 눌려 머물러선 쑥과 냉이는
돌담 뒤꼍에서 달보드레하게 에우다가 지천으로 깔리고

텃밭에 뿌리 영글어진 초록이
달래 초장 만들어
허한 속이나 달래어 볼까

포로로 날던 솔개도 잔솔 가지 위에
자리 잡고 짙어가는 어둠 속에 꼼지락거리며 잠을 청한다.

사랑아 다시 한번

그리움을 살며시 들여다보니
추억 속에 머물다간 자국들이
차곡히 쌓여 둔치 아래 길목에서
마중한다

언젠가 느껴본 그 따뜻한 기운은
다시는 없을 거란 생각에
조용한 시간 속의 물비늘을 삼킨다

그리움마저 사라져 간 지금은
텅 비어 버린 빈 곳

그 시절을 잊지 못해
세월만 곱씹어 만지작거리며
긴 시간을 지금도 헤매고
갈망한다.

그리는 너

얼마나 기다리고 얼마나 마음 졸여야
너를 볼 수 있겠니

먼 길을 물어 돌아
이렇게 찾아왔건만

꽃들은 만개하여
서로들 마주하고 벙긋거리는데

인적 없는 깊은 골짜기에
홀로인 듯 쓸쓸하니

오뉴월 공기마저 을씨년스러운
산허리를 넘는다

내가 너를 얼마나 그리워하는지
너는 몰라도 돼
곧 나에게 다가올 너기에.

산책길을 걷다 보면

해 오르는 가온 길을 걷는다
개미들 줄지어 아장이며

푸르른 가로수길은 쫄래쫄래 따라오고

나뭇잎은 가지마다 대롱이 붙어서
팔랑이며 걸려 있고

머리카락을 스치듯 살랑이는
하늬바람은 나뭇가지 위에서
간드러진다.

행복이 피어나듯 가벼이 걷는 이 길은
순간순간 참 아름다워라.

그 슬픔 뒤에는

라일락꽃 겹겹이마다 그리운 자리엔
아쉬운 맘 수가 놓여 아리기만 하다

길섶에 아련히 핀 안개꽃에 남긴 말
동그마니 보고프면
내 그림자 뒤에 다녀간 흔적이나
남겨두라고

그 슬픔 추스를 길 없어
한사리 달빛 품에 포근히 안기어
붉어진 가슴을 잠재운다.

같이 가는 삶

소중한 인연으로 너울대니
더는 바람 없고

남은 긴 여울은
물이랑 출렁이며 함께하니
마음에 평온이 찾아온다

같이 가는 고개티 이 길은
그림 같아라

저기 민둥산 언덕에도
갖가지 꽃들 피어
팔을 벌리고

아름다운 우리의 삶은
자연의 물꽃과 함께
서로를 비빈다.

칠월에 쓰는 편지

칠월에는 꼭 쓸 거라고
그리움에 편지를

아쉬움이 가득한 유월과
작별을 고하다 보면

파릇한 새싹들은 이미 넓어진 잎들이 지천에 새초롬하게
초록빛을 발하고

소맷귀도 하늘하늘하는데

우정과 사랑의 갈림길에서
흰 종이 위에 함초롬히 써 내려갈 즈음

늘 단미 닮았다 어여삐 하시던 임 생각에 펜만 굴려 댄다
어느 때쯤이면 하얀 습자지에 마음 띄울지….

향기 나는 오월에는

언제나 그랬듯이 오월이면 고운 임은
꽃향기 가득 안고
사뿐사뿐 나에게 다가온다

봄 향기 머금고
구름에 마음 실어
그렇게 다가온다

초록 녹음 우거진 잎새 사이로
햇살처럼 내려와
내 가슴에 안긴다

향기 나는 오월에는
녹음 짙은 오월에는

볼우물 빙그레 장미 향 따라진
꽃자리에도 내게 오는 그 임이
참 많이도 그리워진다.

진달래 피는 곳

연분홍빛 화사하게
감도는 그곳엔
우리 임의 향기도 묻어왔을까?

슬그머니 다가가서
코끝에 서리서리 대어 보니

나를 맞이하듯
벙긋하게 활짝 피어 내뿜는 향기는

분명 기다리다 지쳐 다녀가신
그 임의 사랑 닮은 향기인 거야.

흘려 버린 흔적들

사라져 버린 옛 추억들이
먼발치에서 피어나는 요즘

주머니 속 이야기들은
물비늘 따라 눈앞에 아른아른 남는다

그렇게도 애이던 사연마다
내리는 가루비 한 줌으로
찬 솔가지 닮은 삶의 모퉁이는
간간이 훔쳐보는 마음속의 둔치이다

이젠 그 아름다움이 묻어나는
여리고 가녀린 꽃이 되고 싶다.

젖어 버린 하늘

흐릿함을 뒤집어쓴 하늘
주섬주섬 흩어진
구름 조각들을
모아 놓고

곧 주르륵
흘릴 것만 같이
버벅대며

행여 빗방울 깨질세라
움찔 하는 하늘이
우습기만 한
내 창밖의 지금 그림.

바람결에 스치거든

달님을 떠나보낸 차가움은
초록 이파리 품에서 영롱한데

새벽 찬 바람에 꽃잎은 잠에서 깨어
팔랑거린다

이슬 가득 머금은 발자국 만져지면
아릿한 가슴 찾을 길 없어
오솔길에 안개같이 다녀간 줄 아오

꽃길 따라 걸음 옮길 때
나뭇잎 몇 장 살랑거리면
차마 닿을 수 없는 손길
사시랑이 바람으로 마음 전한 줄 아오

행여 다가올까 움찔거림은 가슴에서
요동을 치며

종일 괘종 소리만 귓전에서 울고
누구도 하나 없이 고요함만이
어스름 해가 진다.

노송

초록 물든 솔 잎새 사이로
희뿌연 꽃가루 날리면
허공은 온통 은하수길을 닮은
노란 무지개

비스듬히 누워 늘어진 솔가지에
천연의 솔향 간직한 채
오랜 시간 다져온 노송의 가지들은
그저 말없이 흔들릴 뿐

무직하게 언덕 위에 우두커니
송홧가루 꽃단장 분칠하고 샛바람에
비벼대며 사라지는 송화에
문 바래다 시들이 잠이 든다.

해가 바뀌고 밑동은 굵어져도
솔가지 흔드는 바람과의
속삭임은 느긋하다.

그 기억은 지우고 싶다

천사 같은 아이들과 함께한
추억과 흔적은 지울 수 없지만
아픈 여운은 안갯속으로 사라질까

교육정책의 규제와 시책으로
강산이 두 번 바뀌는 세월이건만
무지갯빛이 피어나길 원했는데
더욱 가슴만 조였다

나름 지역에서 우뚝 선
아이들의 공간이었는데
그만 고개를 숙여야 했던 나

맑은 눈망울에 말할 수 없어서
눈물짓던 나날 속에
건물은 신축의 날개를 달았지만
그때를 생각하니 가슴 먹먹해진다

세월아,
그냥 가지 말고 아픈 기억 가져가렴
이젠 너를 품고 도약을 꿈꾸고 싶다.

봄이 오는 날에는

꽃비 날리는 어느 봄날
소소리바람에 꽃 이파리 흔들리어
깍정이만 남는다 해도

진달래 모둠 꺾어 마중을 가려오

봄이 오는 날에는
임의 자취 찾으러 걸음을 재촉하며
행여 이미 와 있을
그대의 그림자를 만나러 간다

햇살이 말갛게 꽃 붉어 노닐자면
산딸기 입안 가득 채워
향긋한 모습으로 맞이해야지

내 임 그 자리 머물러 더는 떠나지 않게

봄 편지

봄바람 살랑이면 님의 향기
묻어올까나
아침이 오니 봄도 따라오려 합니다

가느다란 꽃가지 끝에는 임과의 추억이 아련히 쌓여 있고

그대가 건네준
사랑의 꽃잎 끝에 베인 상처로
아직도 아픈 마음이 저미어 옵니다

봄 웃비에 송골송골이도 피어나는
사랑 닮은 꽃
예쁘게 저미어
마음 담아 드립니다.

소중한 선물

아지랑이 스멀대던 어느 봄날
개나리 병아리 입 삐죽이 내밀던 날

봄을 닮은 아가야
나는 보았단다

한 봄 차게 소리 내며
세상 밖 엄마와 마중하는 것을

그 순간 벅차오름은 감동과 기쁨으로
양 볼에 흐르다 범벅되어

평생 잊을 수 없는 소중한 보물로
나의 가슴에 한 땀씩 수가 놓인단다

사랑하는 아가야

세상에 꼭 필요한 한빛으로
널리 널리 퍼져가는
초와의 재목이 되거라

비움과 채움

삶의 꿈과
삶의 희망과 사랑
삶의 욕심
그 모든 것들이 늘 나의 가슴에
초록이며 차곡히 채워지곤 했다

오로지 그 나래 위에 한빛 세상을
펼치려 나만의 것으로
나만의 방식으로

지금부터는 욕심 없는 가온 길을
뚜벅이 걸으며

비움이 텅 비어 버릴 때까지
찬 누리 가득한 이곳에
덜어내는 연습을 해 본다.

인연의 사랑

가볍게 스치는 사랑은
봄처럼 왔다가
가을처럼 가는
아주 짧은 여운만 남긴 채
매지구름 되어 찬 누리 위에 떠 있다

인연의 사랑은
모아의 기품과 덕목
끝이 안 보이듯 안개 같은 품위와
푸근함으로 다가온다

우리 조금은 여유롭게
모지랑이 들꽃처럼 그렇게
사랑하며 삽시다.

사랑의 진실

받으려고만 말고 나누어 달래요
나만 사랑을 듬뿍 받는 건
너무 과한 욕심이래요

그래도 받고 싶어요
누군가의 마음을
나랑 친구가 되어 주실래요

아낌없는 마음도 한 아름 드릴게요

흥얼거림의 노래도
사랑이 넘치는 글도 같이 드려요

어때요 참 좋은 생각이죠
그럼 오늘은 저와
친구가 되어 주시는 건가요

나뭇가지에 흰 눈이 내려앉았어요
사르르 녹아내려
내 마음도 기뻐서 마구 흔들려요.

마음으로 쓰는 시

가슴속에 흐르는
너의 잔잔한 여운에
난 그냥 살포시 눈을 감아버린다

더는 하얀 종이 검은 먹물 번질까 봐
차마 그 습자지에 펜을 놓을 수 없어
눈을 감고 차라리 눈물을 삼킨다

곱던 너의 모습 보이고
너와 함께한 추억은 실타래 되어
내 눈물과 함께 스며들어 강줄기를 따라 넘친다

목 놓아 불러 보는 그 이름
고요함만 흐르고

누구 하나 대답 없는 칠흑 같은
이 밤은 달빛을 팔베개로 꿈길에 든다.

10월의 마지막 날

시월의 마지막 해가
붉게 피어난 석양과 어우러져
다시는 올 수 없는 먼 여정을 떠났다

붉은 노을 져 서녘으로 떠날 때
마주하며 눈빛도 안 주었는데
저무는 오늘에 감사하고
마주할 내일에 감사한다

가을하고 남겨진 들판에 싹둑 잘려진
벼 밑동 위엔 찬 솔가지 요란스레
바람 일고 서로 다툼하다
추위를 재촉하며 올라앉는다

내일이면 어김없이 새로운 동 트임으로
희망의 햇살이 비추어지길 기대하고 기다리며
달안개 품에서 마지막 밤은 조용히
그루잠에 든다.

저 흰 눈 사이엔

차가운 바람이 불어 대면
산 중턱에 내려앉은 새하얀 꽃들은
애지 나뭇가지 위에서 하늘거린다

희뿌연 구름은 아래로 내려와 하얀 꽃 되어
어느 초가집 바지랑대에 걸터앉아 있고

살랑이듯 내려와 온 산을 덮은 흰 눈은
거리에도 우리네 마음에도
아름다운 추억으로 자꾸만 쌓인다

해 질 녘이면 이웃집 강아지 맨발로
좋아라 겅중거리며 걸음질하고

칠흑의 밤엔 달빛을 받아
하얗게 반짝이며 온 동네 이불 덮고
한지 잠이 든다.

* 한지 잠 : 한데에서 자는 잠

어린 천사

이슬방울처럼
초롱초롱한
티 없이 맑은 눈망울

꾸밈없는 밝은 미소로
모든 이들 마음속에
천사가 된다

이 땅 위에 누가 주신 선물인가
우리의 미래에 한줄기 밝게 비추는
영원한 희망이며
불빛이어라

어린 천사들의
곱고 밝은 마음 가득 담아
한 줌 흙이 되는 그날까지
정직한 삶을 꾸려 가리라.

희망이여 솟아라

몸과 마음 지칠 때 모든 이들 갈망하는
크나큰 행운의 눈덩이
불끈 쥐어 온누리에 굴려 본다

지구라는 별에서 살아가는 이들의
한 가닥 희망 끈은 사람마다
간절함이고 생명수이니
한사리 그믐날에 합장하고
온겨레의 염원을 놓아 본다

어디선가 한 모퉁이에 웅크리고 앉아 있을
널 만난다면 너는 커다란 불기둥 품고
지금의 현실일랑 추억에도 흔적 남기지 말기를

만약 이슬처럼 꺼져 가는 어린 싹을
본다면 아무것 없는 빈손 위에
소박한 꿈으로 꼭 다시 피어나렴

온누리를 덮고 있는 이 썩은 기운
내리는 눈과 함께 모두 씻겨 가길

푸르른 들판에서 하얀 소가 겅중거리며
너를 반긴다
너를 안고 두둥실 춤을 춘다.

꽃잎 닮은 사랑으로

이제야 만났네요
애틋한 가슴으로 이어갈 사랑이란 이름으로

당신 닮은 사랑의 온기가
온몸으로 느껴집니다

아름다운 꽃보다도 더 맑고 고운 당신 앞에서
나 이렇게 행복한 미소 머금습니다

예전에 몰랐던 그 달콤한 사랑 이제야 알겠습니다
긴긴 세월 그간의 서러움
이젠 그대 품에서 따뜻한 사랑으로 꽃피운다.

봄비

어둠이 깔린 이 밤
바람도 차가움을 뿌리고
창밖을 바라보며 구르는 빗방울에 시선을 던진다

창가에 흩날리는 그리움의 흔적들
어두운 거리엔 빠른 행인들의 움직임
책갈피에 끼워 두었던 추억의 빛바랜 낙엽들로
갈피마다의 애잔함이 더하다

우두커니 바라보는 그리움은
방울방울 매달리어 내려앉고
공허한 시간 속에 창을 때리는 빗소리
가루다가 몸을 맡겨도 본다

시간과의 사투는 벌어지고
눈물 닮아 머금은 촉촉한 봄비가
이 순간도 소리 없이 내린다.

자정

주변이 조금씩 정리되면
어두움과 고요함이 가로등 빛 벗 삼아
자리를 잡는다

역사의 처마 밑에 동그마니 서 있던
신호등이 깜빡이면

어슴푸레 굉음을 울리며
마지막 막차가 들어온다

이미 웅성거림으로
시골 마을의 적막은 깨져 버리고

축 처진 피곤한 몸 이끌고 어디론가
향하는 어느 가장의 뒷모습에서
커다란 등짐을 보는 듯하다

어느새 가느다란 웃비에 바람은
창문을 마구 후려친다.

뜨락에 핀 그대 얼굴

소담스러운 뜨락에 핀 그대의 얼굴
아름아름 꽃들의 향기 되어
수풀 사이에 영롱한 이슬로 녹아내린다

또바기로 품어낸 고운 얼굴에
푸근하고 단미한 사랑을 그리며

사시랑이 가녀린 뜨락에 꽃 피워 내민
애틋함을 가슴에 담아 가련다.

그대가 머문 꽃 자리에
한동안 머물러 애달퍼라 바라보며
자리를 뜰 줄 몰라 한다

가루다가 몽니로 사라진다고 해도
그대 그림자 뒤에서
꿈을 꾸듯 그루잠에 듭니다.

그리움은 별이 되고

터질 듯이 거미줄처럼
수놓아진 손등에
깔끄러운 커다란 손은
행여 부서질세라 그 어린 손을
놓지 않으셨다

애지중지 사랑옵다시더니
백발이 되신 노모님은
오래전 마루 위에
은하수 걸쳐 놓으셨고

그 어린 손은 장성하여
노년에 다다르니
어느덧 머리 위에는
하얀 눈이 덮이셨다

다 못 해 드린 아쉬움은 세월을 타고
넘실대며 솜털에
물기 가득 머금은 양
먹먹함이 전해진다

문풍지 울음 닮은 사무친 마음은
모지랑이처럼 사모곡을 불러 댄다

미리내 되어 버린 달빛 아래
볕뉘 같은 사랑의 자리
따스하게만 느껴지고

옛 추억은 그리움을
굴비 엮듯 엮어내며 애끓는
마른 세월만 눌러 삼키며 가신다.

수정 위에 핀 꽃

투명한 대지에 햇살 머금어 비치면
가녀린 보랏빛 하늘거리며
청초하게 바라본다

물이랑이며 눈보라 폭풍 일고 간 시린 겨울날 그 자리에
홀연히 불쑥 나와 자태를 가룬다

잠시 쉬었다가 솟아올라 있으면
덜 아련하건만
그 짧은 생은 아쉽고 서러워라

내 몸까지 녹여줄 고운 빛깔로
어쩜 그리도 내 마음에 꼭 안기는지

오롯이 은빛 물결에 들썩이며
보랏빛 향기마저
수정 위에 스며든다.

가을 아씨

온통 물들어 버린 들판은
짓궂은 샛바람을 일렁이며
장작이 타듯 붉어져 버렸다

발그레한 아가씨 닮은 단풍잎은 너울대며
살랑 치마꼬리를 잡는다

가을 향기에 젖어 살포시 낙엽 밟으면
고운 자태 한둔하다 사라질까

머물러선 갈 바람에 묶어 두라 하며
가을의 멋진 정취에 그냥 몸을 맡겨 버린다.

낙엽을 밟으며

사각거리는 낙엽들과 구수한 가을 잎에
그리움을 더하니
발끝에서 파르르 떨림을 운다

내게 속삭이듯 다가온 붉은 입술 닮은
빨간 단풍잎은
물이 들다가 그만 지쳐 버리고

한 움큼 쥐어진 잎새들은
옛 추억을 그리다가 손가락 사이로
팔랑이며 내려가 편안히 올라앉는다

아름찬 과실들도 자연을 거역 못 하고
들국화들 꽃자리 선명하기만 한데

걷는 걸음마다
낭만이 선홍으로 물들어
깊어져 가는 가을의 향수를 더듬게 한다.

제목 : 낙엽을 밟으며
시낭송 : 박영애
스마트폰으로 QR 코드를 스캔하면
시낭송을 감상할 수 있습니다

꽃잎 그리움

늦은 밤 산고의 고통을 앓더니
어느 햇살 말간 봄 나절에
꽃망울 터지고

하얀 가루 되어 흩날리던 날
마음 한편에 드리운 그리움

터질듯한 가슴으로 내리비춰지는
별빛의 귓전에 함초롬히 단장하고
그리움으로 가득 찬 내 마음 전해 달라고

여기저기 망울 터진 가지마다 흔들려
이른 봄 꽃샘추위 쌉싸름한 날씨에도
볼이 후끈 달아오른다.

개나리

초록이들 이파리 진 자리에
노랑이 빵긋이 고개 들어 한들거리며
입을 삐죽이 내민다

담장 넘어 기생처럼 여기저기 입 벌려
물감으로 소담하게 채색하듯
물결을 친다

개나리 흐드러진 사잇길

이맘때쯤이면
귀여움인 양 아장이며
이른 봄에 나와서 예쁨과 사랑으로
한껏 뽐을 낸다

고개 터와 신작로길 담장에
샛노란 별들로 애지 가지 너울대고
행인들과 턱 괴고 눈 마주하며
꽃 피고 진다.

한 줌의 여백

어차피 가야 할 길
삶의 그 길이 이 길이라면
그 많은 사랑과 행복
마지막 한 줌까지 누리고 가자

꾹꾹 눌러 담은 모아 같은 사랑
여백은 두지 말고 모지랑이처럼
누리며 가자

우리 이렇게 가시버시 되어도
비어 있는 횅한 공간을 채워
더 많은 의미와 사유로
그 본질은 차고 넘친다

가루다가 진정 외로워질 때면
서로의 마음이 느껴질 때면
잠시 앉아 두 얼굴 마주하고
미소를 짓자

눈물비

고요함과 어둠이 짙은 이 밤
바람도 차가움으로 마구 뿌리친다.

창가에 흩날리는 꽃 빗발 울음소리
어둠이 내려온 거리엔
빠른 움직임의 행인들

책갈피에 끼워둔 빛바랜 낙엽들에
어딘가 기대고 싶은
애절함이 느껴진다

내 눈은 이미 우두커니
방울방울 내리는 물방울만 향한다

무언으로 잠 못 드는 이 밤
검은빛 눈물 머금은
촉촉한 봄비가
가슴에도 내린다.

내가 당신에게

내가 당신에게 웃음이었으면
믿음이고 소망이며
행복이었으면 참 좋겠습니다

같이 웃을 수 있고 같이 행복해지는
함박꽃은 아니어도 아주 작은
풀잎이며 꽃잎이 되고 싶습니다

웃비에 젖은 미쁜 마음
나리는 꽃보라에 실어
살며시 놓아 봅니다

풀 꽃잎 위에 나풀거리며 밝은 미소로
당신에게 다가갑니다

받아 주실래요

우리가 되고 그대가 되어
초록이 그런 친구가
되였으면 참 좋겠습니다.

자목련

허술한 싸리나무 울타리 사이에
볼품없는 자그마한 자목련
함박눈이 내리더니 그 자취를 감추었다

그렇게 많은 나날을 한둔하며
애태우더니 한 줌 햇살로 눈 녹아내리던 날
반가이 찾아온 너

갓 시집간 새색시 홍조에 비할까
겨우내 살아온 터질듯한 꽃망울이
맺혔다

너에게 다가가 입맞춤하며 한껏
품 안에 맞이한다
그 고운 입 벌려 한 살매 피어나면
그땐 그 환희 어찌할꼬

소담스러운 수줍음으로 금방이라도
터질 듯이 솟아오른 붉은 망울을
짓누르며 지켜본다.

실개천

황망한 들판은 말라가는 가지마다
아쉬움만이 감겨 있다

허수아비 같은 나무들 말없이 솟아
쓸쓸하기만 한데

물 흐르듯 사라져간 생기 있는 잎사귀와
순간 계절이 삼켜 버린
해설피 바랜 아름다운 숲과 영혼들

실개천은 흐르다 지쳐
반짝이는 유리알 되어도
누구 하나 거들떠보지 않는 스산함이 맴돌고

어느 따뜻한 봄날 아지랑이 잊지 않고 찾아오면
늘어진 수양버들 나 보란 듯
녹색의 푸르름으로 한량하게
흐드러져 하늘거리겠지

봄날의 입김으로 어김없이 노량 흐르고 흘러
환한 미소 머금고 날 반기겠지
자연아 네가 있어 참 고맙고, 다행이다.

향수

초가집 지붕 위 둥근 보름달과
박 넝쿨이 뎅그러니 올라앉은
그 사유를 그리워한다

서산에선 노을 붉어 짙어질 때면
어김없이 굴뚝 연기 피어나는 곳

담장 넘어 사랑을 속삭이고
강아지 암탉 꽁지 쫓아 노니는
포근한 시골의 전경

누렁소는 이른 아침부터 소구 시에
머리 내밀고 여물죽 생각

처마 밑 노랑이 입으로 지절대는
어린 제비들
마당 한 귀퉁이 바지랑대 꼭대기에
꽁지 붉게 달아오른 고추잠자리

우물가엔 아낙들의 요란한 웃음과
두레박질이 바쁘다

단오 때면 연분홍 옷고름을
하얀 고무신에 띄워 날리는
그런 그림 같은 여유를 가끔 생각한다.

가슴에 내리는 비

그대 그리움에 매지구름 한 조각 내려와
가슴으로 살그머니 스며든다

팔랑이는 낙엽 따라 걷는 길 위로
눌어붙은 나뭇잎들 할 말을 잊은 듯
바라만 본다

허공에 내리는 비는
두 손으로 가릴 수 있지만
임 생각 눈물겨워 흩날리는 비는
그 손이 모자라니

숨죽이고 가슴 졸이며
그 눈물 삼킬 수밖에
그리움에 마음 젖고 슬픔에 가슴 젖는
날이면

소슬한 가을비 노량 내리며
그 슬픔 이젠 그만 묻어두라 한다.

외로운 향기

벤치 위에 내려앉은
갈 잎새 사이로
가을의 꽃향기가 숨어든다

그 향긋함이 아련한
진한 찻잔에 한 모금의 외로움을
저어 마셔 버린다

바스락대며 찾아온 한 가닥의 그리움이
붉은 단풍의 입김으로 온기를 느낄 때면

애모하듯 너를 흠모하는 마음은
한 몸 되어 단미가 된다

쓸쓸함에 가슴이 아려 오는 날이면
아직도 그 애틋한 마음 놓지 못해
빈 잔에 눈물 앉은 낙엽만 차곡히
쌓인다.

어느 가을날

촉촉하게 내려와 살며시 설레게 스며드는 시간
붉게 탄 담쟁이는 슬금슬금
이슬 머금어 기어간다

갖가지 나뭇잎들 가지마다
아우성 비벼대며 새벽 찬 기운 받아
상큼한데
자박이며 밀려오는 동 트임으로
더욱 빛을 발한다

맑은 하늘 새털구름 그림자처럼 따라다니고
팔랑이는 나뭇잎 위 이슬들
또 호롱 구르며 아름차다

말간 하늘 바라보며 걷는 가을 산책길 사이로
찬 서리에 젖은 낙엽이 공허한 발밑을
감싸주면

외로움의 전령들 햇살 한 줌으로
품에 안긴다.

잊어야만 하는가

아련하기만 하던 그 모습이
이젠 꿈에서나 그려진다

살포시 눈 감고 꿈속 길을 더듬어
함께 거닐며 너와 같이한 추억들을
해 질 녘 바래진 꿈길에 풀어 놓는다

숨죽여 그 이름을 불러보며
너를 보내야 하는 내 마음은
물꽃의 하얀 종잇장이다

고요 속에 찾아온 잔잔한 여운이
가슴을 도려내듯 아파지며 가루비처럼 휘돌아 간다

마지막이라는 마음을
차마 글로 띄울 수 없어
펜대를 꼬집으며 접어 버린다.

송악의 입추

갈잎 팔랑이며
설레게 와 있는 가을의 초입
서로들 갖가지 색
뿜어내고 비벼대며 아우성친다

너울에 떠밀려 온 실잠자리
수줍어 붉어진 나뭇잎에
엉덩이 살짝 걸치며 내려앉는다

마을 어귀 해묵은 대봉감 나무
스리슬쩍 홍조 띨 채비를 하며
오가는 농군들의 말벗이 되어 주고

해 질 녘 모깃불 태우는 풀냄새도
타닥거리며 정겹다

해는 이미 중천에 기우는데
고봉밥 한 아름 짊어진 농부는
검정 고무신 터덜거리며
등짝에 붙은 하루의 고뇌를 내려놓는다

어둑해진 동네 뒷산 언덕배기
뻐꾸기 소리로 오늘의 삶이 익어간다.

제목 : 송악의 입추
시낭송 : 박영애
스마트폰으로 QR 코드를 스캔하면
시낭송을 감상할 수 있습니다

아픈 사랑아

이렇게 그리워하고
또 그리워하면 가슴에 닿을까요

떠가는 구름에 고운 매로 다가가리다
기다림에 지쳐
입술 떨림 다하는 날
그땐 정말 내게 오라고

저기 다솔 한그루 장성하여
까맣게 타 재로 피어난 것처럼 이렇게 아픈데

멀리서 그 사랑이 꽃 일며 날 부르다
사라지는 날
새물내의 향기로 다시 그리워지면

그땐 차라리 눈을 감으려네
가슴도 닫으려네
내 아픈 가슴아 사랑아.

치자꽃 향기처럼

살랑이는 바람과 같이
찾아온 향기가 있어

소담스러운 뒤뜰 돌담 사이에
비집고 핀
백옥같이 흰 치자꽃

그 임이 나에게 보내온
꽃잎의 향기는

코끝에 전율처럼 이는
치자꽃 향기

어느 아낙의
외씨버선 위에

살포시 꽃잎 내려와
그 향기를 포근히 담는다.

꽃잎 사랑

매화 꽃잎 요염하게 바람 위에 앉아
봄 향기 날리며 시무룩 조용한 가슴
일렁이게 한다

화사한 봄님의 그림자 잠 깨워
꾹꾹 눌러 담은 향기 어김없이 내게로
노량 날아오면 그 향기 살그머니
한 움큼 잡아 볼에 비벼 본다

씽긋이 웃어주는 꽃 멀미에 취하면
내가 흠모하던 그 임이 더욱 그리워진다

그리움에 눈물 마르고
사랑에 목마르면
꽃바람 타고 오신다던 우리 임

너무나 보고파 가슴엔 웃비 맞은
꽃잎처럼 눌어붙었다

벌거숭이 삭정이 고목이 되어도
너를 닮은 그 꽃잎을 놓을 수 없어

하얀 손수건 눈물 훔치며
버선발로 반기고파
이렇게 먼 길 마중하러 와 있다.

너를 그리다

달빛 내리는 밤 반짝이는 별이 떠오르면
고요함이 어둠 속으로 숨어
촉촉하게 젖어 든다

가슴 벽에 걸어 두고
매일 밤 꺼내어 보는
초와의 얼굴은 반달을 닮았다

꽃이 아니어서 드릴 향기는 없지만
대신 너에게 꼭 주고 싶은 것이
달곰한 사랑이었으면 좋겠다

언젠가 두 볼에 물기 마르고
내 숨소리 찾아 나에게 스며들면
너는 오늘도 내 가슴속에 핀
달맞이꽃이 된다.

제목 : 너를 그리다
시낭송 : 최명자
스마트폰으로 QR 코드를 스캔하면
시낭송을 감상할 수 있습니다

오월의 그리움

임의 향기 닮은 꽃 너울이 나에게로 온다
산마루 너울 타고 중턱을 넘어
허물어 버리면 자꾸만 쌓이는 그리움

가루비 후루룩 떨어지는 빗방울에
켜켜이 쌓여 그리움이 운다

그 향기 한 꾸러미 꼭꼭 여미어
초록이 우거진 잎새 사이로
햇살처럼 내려와 가슴에 안긴다

녹음 짙은 오월에는 꽃보라 일렁이며
내게 오는 그 임이 참 많이도 그리워진다

이렇게 네가 그리운 건 그 마음 그 향기가
아직도 숨결에 여울지기
때문일 거야

이젠 아파하지 말라고
그 향기 구름옷 접어 가슴에다 묻는다.

사랑의 길목

버팀목 둘러쳐진 언덕배기
울타리 사이로 누가 볼까
살그머니 솟아오른 파릇하고
가녀린 꽃들이 솔깃하니 기웃댄다

풀잎마다 벌레들은 앙달머리 좋아라
쌍 지어 노닐고

구름 오선지 위에 새들의 재잘거림은
후텁지근하게 스치는 기운들을 토하며
떠가는 더위에 목덜미를 잡는다

애틋한 임과 걷는 오솔길 위로
거부 못 할 설렘이 다가온다

꽃잎들도 부러워라,
어깨 나란히 깍지 낀 손엔
자연의 음률에 슬그머니 싹튼 사랑이
가슴선을 타고 흘러내린다

사랑 흠뻑 담아 내딛는 발소리와 입맞춤에
우리 임 놀랄까
사뿐히도 지르밟는다.

글을 깁는 새벽

창틈 사이로 휘영한 달빛이 비집고 들어온다
아직은 새벽 찬 냉기에 시린 글들이
길바닥에 널브러져 아름차게 허우적댄다

깊은 심연에서 건져 올린 글들은
하나둘씩 주섬주섬 모여들어
새벽안개에 씨실과 날실 되어 감성으로 아우른다

청아함과 봄의 향긋함을 가미하여
손끝으로 전해지니 고운 자태 까딱이며
골무를 휘감고 백지 위에
함초롬히 노닌다

영롱한 이슬 모아 한 모금의 목을 축일지언정
한 땀씩 기워지는 글의 묘약에 마음마저 빠져든다

이렇게 글들은 너울 춤추며 기지개를 켜고

새벽안개 자욱한 길은 동 트임으로
아무 일 없었던 듯 새벽 소소리바람이
희망의 아침을 두드린다.

산수유

구례 산동마을
어스름한 언덕배기에서는
살점 하나 없이 바짝 마른
댓살 같은 나뭇가지에

꼬물대며 여기저기 벙글어지는
다툼이 한창이더니

아직은 쌀쌀한 이른 봄
한 줌의 햇살이 차올라
속이 꽉 찬 노란 좁쌀들을
대롱대롱 매달았다

꽃송이가 커야지만 다 꽃은 아니듯

노랑이 깨알들 두 팔 벌려
활개를 치니 앵두 빛 붉은 알들이
얼굴 불쑥 내민다

밑동에다 얼기설기 알알이
뿌려댄 길을 사박사박 걸으니
어느덧 붉게 터져 버린 환한 웃음이

언덕 넘어 노을에도 뉘엿뉘엿 박혔다.

눈이 내리면

기다림의 끝은 어디까지인지
그대 이름 석 자 창가에 걸어두고
몇 번을 되뇌어 본다

살며시 내려앉은 눈꽃에 묻는다
동짓날 그 밤이 그리도 길었더냐고

새하얗게 덮인 들녘에
지친 마음의 발자국을 새기며
덩달아 잠 못 이룬 가로등이 새벽을
가른다

시린 늦겨울 밤
반짝인 불빛 사이로 너울대는 하얀 나비들
내 가슴인 양 창문을 무참히
때린대도

이젠, 환한 눈꽃이 되어
자유로이 그대에게 가고 싶다

영원히 지워지지 않는 하얀 이야기를
나의 가슴에 담는다
그리곤, 포근히 스미는 뜨거운
겨울을 안고 싶다.

잊히지 않는 추억

학교 앞 골목 시장 입구에서
유난히 뚱했던 아주머니
불룩한 배 내밀고 만들어 팔던
김 모락모락 팥 찐빵

모퉁이에선 사과나무 상자 엎어놓고
달고나를 저으며 아이들이 건네는 동전을
쇠 깡통에 던지시던 아저씨

이웃집 마실 가셨다가 넣어둔
줄무늬 왕 눈깔사탕, 산도 비스킷을
쌈지 속을 뒤적이며 초저녁에 꺼내어
손에 쥐여 주시던 울 할머니

너무 커 조금 녹아야 입이 움직인 기억들
자상하시고 정을 쏟으시면서도
유난히 손주 중에 나를 예뻐하신 울 할머니

백네 살이란 집안 장수 기록을 세우고
어느 날 나비가 되어 훨훨 가셨다

지금도 좋아하셨던
생강 전병이나 오란다 비스킷을 보면
할머니 옛정이 아른거린다.

사색을 벗하며

아직 님의 향기 코끝에 머무는데
초록 잎 나풀거리더니 어느새 갈잎으로
떠나는 길을 우두커니 바라본다

즐비하게 늘어진 은행나무 길 따라 걷고파
그리도 기다렸건만
이젠 바람 따라 뒹구는 붉은 마음들뿐

아쉬워라
한 움큼 담아봐도 부끄러워 못 한 말
아마 풋풋한 사랑이었나 보다

내 사랑은 보이지 않아도
구름은 산을 한껏 품고선 저 멀리 떠나간다

저 한들거리는 외로운 나뭇가지들
임이 올 것 같은 예감으로
상고대를 기다리는 것처럼

오늘도 함초롬히 꽃단장하고
이 길을 터벅거리며
가을 사랑을 한껏 느껴 본다.

그리움

시간을 밧줄로 동여매고
세월의 그물망에 그리움 드리워도
속절없는 주름살 미소만 짓네

알싸한 치마폭에 애틋하게 감싸주면
돌담에 걸친 바지랑대에 붉게 피어날 사랑
질긴 인연의 꼬리 애달프고

휑한 들녘은 한숨짓는데
진눈깨비 사이로 너만 바라보라던
그 시선이 미쁘다

한사리 너울이 아름차게 걸터앉아
부드러운 손길 닿으니
차올랐던 설움이 녹아 흐른다

그동안 흙벽 담장 아래 붉어진 동백도
싸라기눈 이불 덮고 수줍어 조아리며
그렇게 중년의 사랑은 소담스레 내리고

하늘의 뜻이려니
눈꽃과 촉촉한 입맞춤으로
소소리바람 이는 봄을 그리며 싹 틔워간다.

가을의 연가

산허리에 꽃으로 피어나는 단풍
스산한 바람에 낙엽 편지가
내게로 굴러와 앉는다

들녘은 노랗게 수를 놓듯
세월의 리듬 따라 익어만 가고
모두 기지개 켜며 살랑거린다

금빛의 들판은
서걱거림과 타는 낙엽의 향연
꽃잎에 살포시 앉은 고추잠자리
나 몰라라 꿀 떨어질 사랑을 속삭이고

왜 모든 이파리가
부끄러워 홍조를 띠는 가을날인지
이젠 알 것 같다

풀벌레들 어절씨구
아우르던 한마당도 기우는 노을 따라
깊은 여운을 남기며 저물어 간다.

가을 향에 젖은 저녁 들녘을
별은 그렇게 어둠을 헤치며
포근히 감싸 안는다.

침묵

큰 두려움을 안고서도
저만큼 다가가 푸근함을 담으려 했다

멍석에 널브러진 나락처럼
깨알 같은 사랑을 아기자기 모아
진심 어리게 시나브로 하려 했다

살쾡이 발톱 같은 그 몹쓸 언어들이
머릿속을 어지럽혀도
차마 드러내지 못할 심사는

활화산이 재가 되어
숨 막히는 심해 속으로 가라앉음에
어눌한 내 마음을 적신다

어쩌면
눈시울로 영혼의 자유를 찾으니
가뿐한 마음 그지없다

땅속 깊이 뻗어가는 뿌리에서
배움을 얻으며 조용한 삶 속에서
더 큰 파고를 타려 한다

다 못한 말들이
가슴에 방망이 되어 두드릴지라도
때가 되면 잊히는 사연이 될 거라고
스치는 바람에 안부를 전한다.

그대 그리운 날에는

오늘처럼 티 없는 날에는
맑은 가슴으로 그대에게 가고 싶다

그리워 보고픈 날 그대 향한 마른 잎에
꽃씨 한 톨 뿌렸더니
시린 어느 가을날 붉은 단풍 되어
이렇게 사랑이 내게 온단다

내 애오라지 하나
푸르름과 갈잎의 정취에 젖어
울타리 사이 홍조 띤 얼굴로
그 임 맞이하고파

타는 가슴에 같이 가는 길은
그대 향기 마르지 않게
꼭꼭 숨어 버린 마음에 가을 낙엽 쌓아올려
발그레한 사랑의 불꽃 지피워 본다

장작으로 타다 마른 가슴이
촉촉한 숨결로 꽃망울 지던 날
따뜻함이 움트고 노을이 웃음 머금었다.

제목 : 그대 그리운 날에는
시낭송 : 김락호
스마트폰으로 QR 코드를 스캔하면
시낭송을 감상할 수 있습니다

향기에 끌리다

짙은 솔향 뿜어내는 숲속을 거닐다
너의 그 향기에 매료되어
가는 발길 멈추고 주춤거린다

솔가지 뿌리에 첩으로 기생하여
희소가치 드높이니
사랑스럽고 귀한 너를 품으며

맛깔스러움. 한껏 만끽해 본다
굳건히 지조 지킨 다갈색
여인의 살결 같은 부드러움으로

어둠을 찾고 즐기는 너의 모습에
감탄이 절로 나며
만인들이 좋아하는 명물이로다

솔가지를 처뜨린 채 그늘 밑에
옹기종기 쑥덕거림으로
달빛에 비친 너의 모습이 알른거린다.

그리울 겁니다

아린 가슴 부여안고
그간의 안위를 가슴에 담을게요

굵어진 마디에 검게 팬 주름
굽은 등으로 고무신 기워가며
밭고랑마다 고난의 삶이 배어 있지만

그 모든 희로애락 등짐마저
그만 내리시고 말간 창가에 놓으세요

먼발치 유유히 흐르는 구름처럼 남아 있는
따뜻한 가슴이라도
꼭꼭 보듬어 새어나가지 않게 하시고
눈가의 촉촉함도 그만 놓으세요

한평생 졸인 가슴 꽃가람 쪽배에 올려두시고
헌신한 사랑의 울타리는
한 줌의 안녕으로 편안히 누이세요.

가슴을 열다

삐걱거리는 마음의 창을 들여다보니
사랑과 연민 고독과 고뇌가
석류알같이 빼곡하다

그리움이 밀려드는 사랑은
낭만과 삶 되어 글구멍에 녹아들며

알알이 박힌 비애들로 여백을 채워가려는
고단함은 줄을 서고
내면을 쥐어짜듯 꿈틀거리던 시어들은
만인들의 심금을 울리려 달려간다

그렇듯 빈 가슴에 부단히 노력하는
꿈의 합창은 산고를 감내하듯
창작의 길에 우물지며 나래를 편다

끝없이 온 천지에 너울지어 퍼지는
글귀들의 춤사위에
겅중거리는 내 걸음이 가볍다.

제목 : 가슴을 열다
시낭송 : 박영애
스마트폰으로 QR 코드를 스캔하면
시낭송을 감상할 수 있습니다

아침 이슬

달빛을 밤새 머금었나
통통하게 살 오른 은구슬이
줄지어 풀잎 끝에 대롱거리고

희뿌연 새벽 운무에
촉촉한 향기를 알알이 튕기며
풀벌레 장단에 거미줄의 그네를 탄다

아침 햇살이 애무하면
수정같이 맑은 징검다리 되어
이내 수줍은 싱그러움으로
톡 톡 풀숲에 떨어지겠다

허 참, 이슬 없는 세상은 어떨까

낮엔 뭉게구름 타고 노닐다가
밤새 연둣빛 사연 풀어놓고
하늬바람에 말갛게 스러질지언정
뉘 뭐란 들 이슬다운 절개를 펼치는

자연의 신비로운 존재가
싱그러운 아침을 선물하며
생의 근원지처럼 유유히 흐른다.

너에게 가는 길

오솔길 걸어가면
돌담길 둘러쳐 있는 그곳엔

손깍지 끼고 정답게 걷던 추억이
담장 사이사이마다 묻혀 있다

속삭이던 사랑의 밀어가
새록새록 돋아나던 덧없는 시절아

너에게 가는 길은 그리 멀지 않건만
마음이 더디게 흐르는 것은
세월 탓이려나.

수국

마주 보는 은은한 연보랏빛 꽃잎이
우리 얼굴을 대신하고

널 보내기 싫은 미련에
가슴마저 시들함이 늘어진 채
그대로 꽃대 위에 머문다

해후를 학수고대하건만
열매 하나 잉태하지 못하는 날엔
통곡의 눈물이 빗물처럼 내린다

은빛 구슬이 촉촉이 굴러도
꽃잎의 눈빛만 마주할 뿐
두루뭉술 터질 듯한 부푼 가슴의
여백을 채우듯 아우른다

그대 떠난 그 자리에
상고대가 되어 버린 이내 가슴
아직 널 품에 안은 여운이 흐르고

잿빛 하늘에 햇살은 없어도
커다란 송이를 품속에서 꺼내어
단미의 마음으로 그대를 그려 본다.

노을이 핀다

지금 내가 바라보는
저기 드러누운 능선이 산자수명하고

눈이 시리도록 푸른 서녘의 붉은빛이
화사한 그림을 그렸는지
가던 길 멈춘 가슴이 놀란다

광활한 대지와 잔잔하던 갈대밭에
붉은 기운을 토해낸 그 화마가
가녀린 갈대를 뜨겁게도 지핀다

숯덩이로 달아오른
좁쌀여우 가슴에 새겨줄 글이 있어
밤새 흩날리는 빗물에 씻어 본다

한낮의 열정에 함초롬히 졸던 꽃들과
혼자서도 잘 놀던 종다리는
해 질 녘을 어찌 그리도 눈치챘을까

흐름을 거역하지 않는 만물들이
둥지에서 안식을 찾을 때쯤
그 빛도 잠잠해져 꿈길로 이어진다.

잿빛 거리 바라보면서

흩날리는 빗줄기에 초록 잎 하나둘
영롱한 시 한 줄 한 줄이
나에게 떨어지는 감성을 느낀다

글에 대한 열정과 소망 꽃을 피우려
발악이 서서히 치닫기 시작하여
발상의 목덜미를 후빈다

쳇바퀴 도는 듯한 인생의 일부분이
글과 하나가 되고 싶어
이리도 고통스럽게 아린 것을

어느새
후줄근한 공허함이 가득한 가슴에
예쁜 글을 가득 채울 수나 있으려나
사랑스러운 글 꽃을 피우고 싶다

말릴 수 없는 촉촉한 글을 쓰려고 했던
꿈꾸던 시절을 꼭꼭 여미어
영원히 기억될 시를 가꾼다.

언어엔 날개가 있다

부정의 생각을 키우면
어느새 미움의 싹은
심장에서 꿈틀대기 시작한다

가슴을 콕콕 찌르고 후비듯 한
순화되지 않은 언어들이
그대로 흑연처럼 가슴에 박히는데도
진실성 없는 언어폭력을 질러 댄다

곱고도 정감 가는 말로 품어주면
귀 기울였던 마음 행복할 텐데
꼭, 행한 뒤 사과와 후회를 놓는다

5월 장미가 곱다 한들
슬픔이 도랑처럼 흐르는 얼음장인데
쓴소리에 시들하게 말라비틀어진
검붉은 장미를 보는 뒷맛이다

수정같이 투명한 미소로
예쁜 꽃망울이 꽃을 활짝 피우듯
가슴이 열린 진정한 인연이길 바란다.

제목 : 언어엔 날개가 있다
시낭송 : 박영애
스마트폰으로 QR 코드를 스캔하면
시낭송을 감상할 수 있습니다

하얀 눈꽃

세월은 그렇게 흘러도
입하 목의 노거수엔 소복이 쌓인 눈처럼
하얗고 둥그러니 올라앉았다

온 산을 헤매던 그 망태기 짊어지고
파릇한 청춘으로 떠났건만
천년을 기다린들 못 오실 임이기에

유수 같은 세월을 원망할까나
돌아올 수 없는 임을 원망할까나
밤이면 눈꽃 내려 하얀 지붕 만들어
덮어 주며 너무 슬퍼 말라고

그 눈꽃은
그리움에 지쳐 드는 가슴앓이로
사랑만큼 수북이도 쌓였다
임 향한 초록의 눈물방울이 창공에 터지니

싸리나무 옆 홰나무는
뿌리마저 송두리째 흔들리고

애틋한 내 마음을 아는 듯
흰 꽃 무리 더욱더 구슬프게
영원한 사랑이란 꽃말이
요사이에 가슴을 후벼판다.

달안개 피던 날

달님은 알고 있을까
달빛이 뿌옇게 보이던 해무가 낀 날
금쪽같은 품에 자식을 앞세운 것을

해님은 보았을까
하염없이 흐느낀 애달픈 부모의 모습
만인도 애통해하던 울부짖음을

그대들의 한스러운 영혼일까
희끄무레하게 피어오르는 안개처럼
붉게 타오르는 태양에
이별의 인사도 못 한 채

실낱같은 기대를 걸었건만
사랑하는 가족들의 품을 떠나
기나긴 꼬리 별 따라
힘없이 이별을 고하고 만다

다하지 못한 행복을
조금이나마 나누고 가라고
해미에 비친 그림자를
가만히 건져 올린다

둘둘 말아둔 까칠한 멍석을
곱게 펼쳐 자리 마련해 주는 마음들
부디, 가시는 길 평온하세요.

그대 있는 곳에

달안개에 비친 그대를 그리며
깊게 파인 골짜기를 굽이도는
뒷그림자 같은 그림으로 스며간다

무작정 찾는 길에
이끼에 걸려 넘어지면
그냥 갈망하는 가슴으로 흐르련다

산 밑에 동그마니 얼음이 되어
쌀알 같은 사랑을 하다가
용수 바람에 들켜 치마폭이 찢겨도

오늘은
기어이 그대 그림자 찾아
졸졸거리며 기쁜 마음으로 가련다

너무 멀어 만날 수 없다면
안개 덮인 바위틈에 끼어서
훔친 눈물 감추다 들킬지언정
안개의 등줄기 따라 흘러보련다.

사랑 한 잔으로

소소하게 차 한잔하자는 말 대신
눈빛과 숨결 마주하며
얼굴만 봐도 애틋한 사랑을 그린다

계절마다 스치는 바람은 살결에 머물고
서로를 그리는 아릿한 마음으로
깍지 낀 손 기대어 걸어 본다

창공에 머문 구름발치 그네를 타듯
혜윤의 소용돌이 속에
아무 말 없이 얼굴을 비빌 사랑

따뜻함으로 감싸주는 배려가 정겨운
그런 사람이 내 곁에 머물러 주었으면
정화된 존경과 신뢰가 깊숙한
사랑의 차 한 잔에 녹아드는 설렘

그런 기품으로 지낼 우리라는 울타리
한 살매 사람 냄새 은은히 풍기며
그대와 나의 인생이 예쁘게 익어
가슴에 향기 가득히 피어오른다.

붉은 장미

나를 쳐다보지도 않더니
장미 향 같은 그대의 진한 향으로
또다시 나를 매료시키며
어찌 이리 사슬로 묶는단 말이냐

고운 향기로 가는 발길 붙잡아도
머뭇거림 없이 그냥 떠나더니
그 가시로 나를 자극하는구나

외롭단 말은 하지 마라,
그 고독 서로 나누고자
나의 첫 마음 남겨두었거늘

냉담한 그 모습에 고개를 떨구고
가시에 찔린 마음처럼
붉은 피가 솟고 찢긴다고 하여도

아름다운 삶을 위해 감내한
벅차오르던 진한 향기마다
내 가슴에 담는다.

당신을 그 향기를.

지구를 흔드는 바이러스

사투를 벌이는 통곡의 소리가
온 대지를 흔들며 세계로 퍼진다

그야말로 보이지 않은 미생물인데
공포감은 줄어들 줄 모르고
원망 한마디 못한 채 별이 된다

얼마나 많은 지구인의 생명이
힘없이 낙화해야 하는가
가슴 아리고 서러워 고개를 떨군다

몹쓸 코로나야
어찌 그리 보이지 않는 곳에서
비겁하게 귀한 목숨을 탐하는가

한평생 백의 천사 숙명처럼
이슬로 사라진 용기에 깊은 애도와
만만치 않은 세균에 지구가 들썩여도
잘 버티고 꿋꿋이 살아내야 한다.

풀꽃 편지

아련하게 아지랑이 스멀거리는 봄날
아직은 살얼음 입김으로 녹이며
사랑스러운 봄님
향기 가득 머금었다

터질 듯 아프게 부어오른 꽃망울을 보며
꼭 하고픈 말이 있어서
오늘은 손 글씨 곱게 저미어
너에게 보내련다

내 그리움은
봄 처녀의 치마폭에 너울거리며
파릇하게 돋아난 새싹 위 영롱한
구슬에 담겨 안갯속으로 여울진다

참 이쁘게도 오는 봄
너를 기다리다 내가 재가 된다 해도
그 향기 닮은 너를 위해
초록의 물결로 수를 놓는다.

그대를 그리며

가슴 도려낸 듯한 아픔 안고서
또 쓸쓸한 이 밤을 맞이한다

그대도 어디선가
창가에 어리는 저 달빛을
흐르는 눈물을 억누르며 보고 있겠지

너 떠난 빈자리가 그리워
이렇게 아파하는 건
더욱 사랑이 깊어졌기 때문일 거야

물푸레 나뭇잎에 찬 서리 맞으며
우는 풀벌레가 오늘따라 더 구슬프고
어느덧 잰걸음의 어둠이 멀어진다

사랑하는 내 사람아
저 멀리 여명이 밝아오면
날 찾아온다던 그리운 내 사랑아
지저귀는 참새 소리만 청아하다.

제목 : 그대를 그리며
시낭송 : 박영애
스마트폰으로 QR 코드를 스캔하면
시낭송을 감상할 수 있습니다

그립다

그대 향한 그리움에
내 가슴속에서 웅크리던 비가
소슬하게 내린다

허공에서 내리는 비는
두 손으로 가릴 수 있지만
임 생각에 눈물겨워 흘리는 비는
떨리던 손이 모자라니
그 눈물 숨죽여 삼킬 수밖에

그리움에 마음 젖고
슬픔에 가슴 젖어 드는 밤

그리워도 아파하지 말라며
울컥거리는 가슴 조이며 달래봐도
슬픈 비만 주룩주룩 내린다.

아픔 준 세월아

초롱초롱한 눈망울 아이들과의 추억은
지울 수 없는 아픈 마음의 흔적이다
마음 아파 가슴에 남는 여운은
매지구름 속으로 잠들길

세월이 바뀌고 모습은 바뀌어도
아파했던 기억은 아직도
마음속에 머물고

맑은 눈망울의 아이들에겐
말할 수 없는 미안함에 눈물짓던 밤이 며칠
욕심은 세월을 비껴가지 못한 채

다시 글을 쓰며 생각하니
가슴 한구석에 답답함이 남아 있다

희망을 불러 어깨동무로
이젠 너를 안고 힘찬 도약을 하고 싶구나.

마음을 읽다

마음의 창을 열어 들여다본다
그 안은 많은 생각들이 책상 위에
가지런히 날 바라보듯 앉아있다

그렇게 알알이 박힌 생각들로 사물을 보며
고단함과 비애를 맛보기도 한다

꽃을 보며 때론 화사하고 사랑스럽게
그 어떤 때는 그리움과 낭만으로
공간은 바뀌어도

내 마음과 생각은 나의 것 내 생각과
뜻에 따라 펜은 움직인다
이젠 더 큰 용량을 키워 더 다양한 감성 글로

백지가 매워져 가길 스스로 기대하며
부단한 노력으로 그 꿈을 이루기 위해
나의 잠재워진 내 안의 나를 깨운다

앞으로 더 다가올 산고의 고통은 저
높은 재를 넘어 서서히 내게로 온다

난 기꺼이 그 고통을 넘어서
창대한 길을 유유히 걸어간다.

신비디움 난

꼿꼿하고 기다란 꽃대에
생명수 머금은 꿈틀거림이었나
꽃덮이 거머쥔 어여쁜 꽃잎이
날개 접은 학처럼 활짝 피었다

농후하고 신선한 너를 보듯
이슬 또르르 살그머니 내려앉으니
청초함은 외기러기 날갯짓이다

간드러진 너울거림은
그야말로 살랑살랑 끼 발산하는
봄 처녀 머릿결 같고

어둑한 푸른 창가에
코를 톡 쏘는 향기와 자태로
사군자 중 한자리를 차지한다

도도함이 넘치는 기세 또한
어디에도 비견할 수 없는
그 화려한 고풍이 더해진다.

그리운 임

가슴에 품은 임이 보고픈 날엔
눈치 없는 눈물 자국 나고
그 흔적에 배시시 웃는 사랑

진고개 넘어가는
황홀한 용트림 석양빛에
임의 얼굴 여울지듯 나비친다

망설이며 다가가지 못하는
내 마음을 아는 양
너무 애달파 하지 말라는 듯
홍조 띤 얼굴로 나를 위무한다

사랑이 그립고 서럽다고
눈물지으면
다시는 못 볼 사랑일지도

석양이 산 넘어가듯
고개 돌려 가버리는 그대 뒷모습
차마 마중할 수 없어

먼발치서 바라만 보렵니다.

그냥 간직할래요

보고파 그립다고 말하지 않을래요
가녀린 코스모스처럼
지금 막 심장이 흔들려요

그 누구를 사랑하게 될 것 같아
사실은 겁 많이 나거든요

가만히 주머니에 감추고
나 홀로 가슴으로 느낄래요

살며시 꺼내어
그리움 가득 찬 그 얼굴을
훔쳐볼래요

조용히 다가온 그대에게
이렇게 속삭여 볼래요
사랑해~ 라고.

일출

붉은 기운을 내뿜는 저 태양을
내 마음의 그물을 던져 끌어올린다

일렁이는 수평선에
붉게 달아오른 용광로처럼
만인들 축원을 위해 용솟음친다

마음으로 빌어 날갯짓하는 갈망은
깊고 검푸른 바다 위를 맨발로 가른다

가녀린 소녀의 떨리는 손은
하늘을 향해 합장하고
염원의 기도로 하늘을 깨운다

부디, 경자년아
그 꿈과 희망을 저버리지 말고
저렇게 간절한 여린 가슴속에서
영원히 꺼지지 말라는
그 모습 뭉클하도록 숭고했다.

꽃잎 편지

춘풍에 날릴게요
계신 곳으로 갈 수 있게
옛 추억 차곡차곡 여미어 보낼게요

우표 없는 꽃 편지로
추억을 한 아름 받아보세요

보고 싶어 슬픔이 저미는
이 순간마저도 띄워 드릴게요

산등성이가 높아 못 넘어가면
천 리 길 오리걸음으로
마음 전할게요

이 꽃잎 다 지고 나면
그땐 그냥
임 계신 곳으로 달려갈게요.

겨울밤

살을 에는 삭풍이 몰아치고
쌀쌀한 회색의 적막감은
창살과 문풍지를 넘나든다

저 멀리 쏟아지는 별똥별은
잠 못 이루는 시린 겨울밤에
소낙비처럼 내리고

고독을 삼키는 적운마저
외로운 가슴속을 더욱 멍울지게 한다
곧
함박눈이 내릴 것 같은 찬 기운에
넋을 잃고 따라온 상념은
겨울밤의 향연이었다.

내 사랑이 닿을 수 있다면

그리워하고 마음에 담으면
내 사랑이 그대에게 닿을까요

이렇게 잠 못 드는 날이면
괜스레 가슴 시리듯
따뜻한 온기가 더욱더 그립습니다

파릇한 새싹이 돋아날 때쯤
살결 스치는 샛바람 불어온다면
또 가슴이 두근두근 설레겠지만

그때 뜬금없이 나타난 그대가
내 가슴속에 유리알처럼 빛난다면
정말 행복할 것 같아요

먼 곳에 있어도 가까운 사람
산마루 어둑어둑 해가 질 때면
더 쓸쓸한 무거운 마음들이
산 중턱에 걸터앉아 그댈 기다립니다

고요함이 소낙비처럼 스며드는 새벽
봄 꽃잎 살랑살랑 내려온 그 자리에
임은 없고 이슬만 영롱하게 맺혀
그대와 나의 사랑을 대신한다.

연정

고즈넉한 산골짜기
누덕누덕 쌓아 올린 너와 지붕 밑에
사랑 찾아 외로움 감추지 못했을까

고운 옷고름 자락 휘날리며
어느덧 터벅터벅 길모퉁이 돌아서서
애절함을 담아 괜한 돌덩이만
하나둘 올려본다

사공아, 바람결에 임 소식 들었걸랑
뱃머리 돌리기 전 그 소식 전해주소

몇 해 지나도록 받아보지 못한 사랑
못 오시는 임 생각에
오늘도 쌓다만 무심한 그 자리
해 가는 줄 모르고 바라만 본다

밤마다 사무친 그리움을
한 땀 한 땀 골무로 기워낸 도포 자락엔
슬픈 눈물 자국 얼룩진다.

워낭소리

묵언으로 터벅터벅 걸음하는
암소의 워낭 선율과 함께
밀짚 농부의 흥얼거림이 시작되고

담배 찌든 옷고름 뒤엔
커다란 눈을 껌뻑거리며
너털너털 따라오는 늙은 꽃순이

짊어진 지게의 삐걱거림은
농부의 고달픈 하루가
저물어 감을 알린다

어느덧,
꽃순이와 농부의 보금자리엔
호롱불이 훤히 켜져 있다.

사랑의 자리

가족을 위해 헌신하고
사랑으로 지킨 큰 짐 울타리 벗어나
여기 오늘 오셨네요

오신 임
이젠 한 줌의 근심으로
여기 편하게 누이세요

고단했던 삶의 자국처럼
평생을 다해 하얀 백지 위에
고난의 삶을 그리셨습니다

그 모든 희로애락 등짐은 그만 내리시고
꽃가람 강물 잎새에
살짝 놓아주세요

여기 보금자리에서 남은 가슴의 따뜻함
창틀에 새어 나갈까 꼭꼭 보듬으시며
편안하게 담으세요.

가을 편지

수줍은 당신의 뜰 안에
그리움 붉게 물들여 살포시 놓으며
별 하나를 그리렵니다

당신은 아시나요
점점 무르익는 이 마음을

소슬바람이 나를 흔들어도
달콤한 홍시처럼 익어갈 사랑

선홍빛이 내 몸을 태워
바스락거리는 낙엽이 될지언정

잠 못 들 그대에게
흐트러지지 않은 영혼으로
하얀 가슴 채울 글을 써 내립니다.

사색을 벗하며

최하정 시집

2023년 11월 17일 초판 1쇄
2023년 11월 20일 발행
지 은 이 : 최하정
펴 낸 이 : 김락호
디자인 편집 : 이은희
기 획 : 시사랑음악사랑
연 락 처 : 1899-1341
홈페이지 주소 : www.poemmusic.net
E-Mail : poemarts@hanmail.net

정가 :10,000원
ISBN : 979-11-6284-486-1